D1387424

CARROUSEL
MINI-ROMAN

Dominique et compagnie

Données de catalogage avant publication (Canada)

Simard, Danielle, 1952-
Le cadeau ensorcelé

(Collection Carrousel)
Pour enfants.

ISBN 2-7625-8623-2

I. Titre. II. Collection.

PS000.A00M00 1997   jC000'.00   C00-000000-0
PS000.A00M00 1997
PZ00.V00Mo 1997

Dépôts légaux: 3e trimestre 1997
Bibliothèque nationale du Québec
Bibliothèque nationale du Canada
Bibliothèque nationale de France

ISBN: 2-7625-8623-2   Imprimé au Canada

Direction de la collection: Yvon Brochu, R-D création enr.
Direction artistique: Dominique Payette
Conception graphique de la collection: Pol Turgeon
Graphisme: Diane Primeau
Conseillère: Thérèse Leblanc, enseignante
Correction-révision: Marie-Thérèse Duval

Dominique et compagnie
UNE DIVISION DES ÉDITIONS HÉRITAGE INC.
300, rue Arran, Saint-Lambert (Québec) J4R 1K5
Téléphone: (514) 875-0327
Télécopieur: (514) 672-5448
Courrier électronique: heritage@mlink.net

Nous remercions le Conseil des Arts du Canada de l'aide
accordée à notre programme de publication.

VILLE DE MONTREAL

3 2777 0207 9526 1

C'est la fête de Léda. Les invités chantent. Leurs yeux brillent autant que les petites flammes des bougies.

Penchée sur son gâteau, Léda aspire tout l'air qu'elle peut. Puis elle le souffle si fort que les huit flammes s'éteignent d'un coup.

On applaudit Léda. On la trouve fantastique! Mais... d'où vient ce vent froid qui court dans la cuisine? Tout le monde se tourne vers la porte.

Ah non! C'est tante Stella qui entre et lance:

–On ne m'invite pas à la fête de ma nièce?

–Bien, je... commence à dire la mère de Léda.

–Pas d'excuse! l'interrompt Stella. Je suis là, c'est tout ce qui compte. Hein, Léda? Viens m'embrasser.

Léda n'a pas envie d'embrasser sa tante. Pour qui se prend-elle, Stella, avec son chapeau pointu et sa robe noire? Pour une sorcière? Léda aimerait bien se montrer un peu vilaine avec elle. Et, avec Léon, aussi, le gros méchant de l'école! Celui que Léda appelle «mon pire problème». Car il se moque

toujours d'elle. Mais Léda ne parvient pas à être vilaine. Elle est trop gentille.

Aussi, elle va faire la bise à Stella. Pouah! on dirait des joues de serpent. Un serpent-sorcière qui la dévore des yeux.

Quel regard! Stella lit-elle dans les pensées de sa nièce? Soudain, elle ouvre son grand sac et en retire une huître dorée.

—Voici le cadeau qu'il te faut, ma jolie! déclare-t-elle.

Ha! Ha! Hi! Hiii!

«Une huître!» pense Léda qui grimace.

—Oui, oui! lui glisse Stella à l'oreille. Mais une huître très spéciale! Elle peut régler ton pire problème. Ouvre-la, tu verras!

Tandis que sa tante s'éloigne, Léda ouvre le coquillage. Elle y découvre un petit miroir. Oh! dans ce miroir, la Léda qui la regarde lui tire la langue! Pourtant, la vraie Léda a la bouche bien fermée. «Ce n'est pas moi, ça!»

pense-t-elle aussitôt.

—Non, lui répond son reflet, je ne suis pas toi. Je suis moi, Adèl!

Le miroir parle! Léda lève les yeux vers les invités. Personne n'a l'air étonné. Elle regarde de nouveau cette Adèl qui continue de lui parler.

—Ne t'en fais pas, Léda, tu es la seule à m'entendre. Et je vais te dire que tu as raison d'être fâchée contre Stella. T'offrir un miroir, quelle idée stupide! Cette sorcière a besoin d'une bonne leçon!

À ces mots, Léda se sent bizarre. Tonnerre de tonnerre! Un orage de colère monte en elle. Des éclairs courent dans ses pieds et ses mains. CLAC! le miroir se ferme entre ses doigts. Comme pour mordre!

Où est tante Stella? Ah! la voilà qui va s'asseoir, une assiette de gâteau à la main. Léda fonce plus vite qu'une tornade. Elle passe derrière Stella. De justesse. Puis elle file avec sa chaise. La sorcière tombe à la renverse. Son assiette fait

trois tours dans les airs et...
PLOUCH! le morceau de gâ-
teau vient s'écraser dans sa
figure!

Tout le monde crie. Sauf
tante Stella. Elle mange.
Avec ses ongles crochus, elle
pousse le gâteau écrabouillé
vers sa bouche ouverte.

—Miam, très bon! s'exclame-
t-elle.

Léda éclate de rire. Sa tante a oublié une cerise au bout de son grand nez.

La maman de Léda est très embarrassée. Elle dit:

—Léda ne l'a sûrement pas fait exprès. Elle est toujours si gentille.

—Non, elle l'a fait exprès! s'écrie Stella. Et ça me plaît. Ha! Ha! Hi! Hiii! Avec moi,

on est gentil seulement si on en a envie! N'est-ce pas, Léda?

Léda ne sait trop quoi dire. La voilà redevenue douce, douce. L'orage a passé si vite!

Léda n'a plus ouvert son miroir du reste de la fête. Ni même avant de se coucher.

Elle avait un peu peur de cette vilaine Adèl. Ce matin, pourtant, elle glisse l'huître dans sa poche.

Parvenue dans la cour d'école, elle l'ouvre. Son reflet lui tire encore la langue.

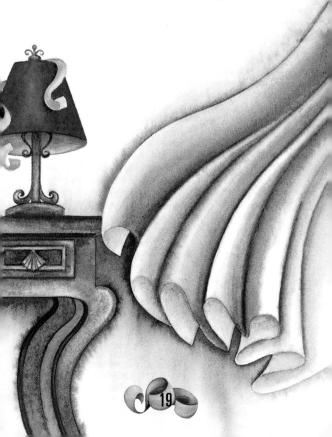

Léda penche la tête de côté. Un coin de ciel apparaît dans le miroir, derrière la tête d'Adèl. Oh! dans le miroir, les nuages sont tout noirs! Pourtant, les vrais nuages sont blancs. Léda le voit bien quand elle lève les yeux.

Par contre, elle ne voit pas l'affreux Léon qui accourt en lançant:

—T'es laide, Léda!

—Qui est cet imbécile? demande aussitôt Adèl. Il a dit qu'on était laides!

—Bof! Léon dit n'importe quoi, répond Léda à son reflet. Il joue au méchant. Oublie ça!

—Jamais! hurle Adèl. Cet idiot a ri de toi. Il a besoin d'une bonne leçon!

Soudain, Léda se sent bizarre. Tonnerre de tonnerre! L'orage de colère monte encore en elle. Des éclairs courent dans ses pieds et ses

mains. CLAC! le miroir se
ferme entre ses doigts. Comme pour mordre!

Où est Léon? Ah! le voilà
au pied d'un escalier. Tout en
haut, il y a une grosse
poubelle. Léda fonce plus
vite qu'une tornade. Elle
grimpe l'escalier quatre à
quatre. Elle empoigne la
poubelle. VLAN! elle la lance

à l'envers… sur son «pire problème».

On ne voit plus que les pieds de Léon. La poubelle le couvre presque en entier. Le pauvre ne comprend même pas ce qui lui arrive. Les bras coincés, affolé, il se met à courir en criant.

Tous les élèves se tordent de rire. Une poubelle à pattes zigzague dans la cour d'école! Elle laisse échapper

des trognons de pomme, des pelures de banane, de vieux papiers...

Oups! la poubelle à pattes glisse justement sur une pelure de banane. Un court instant, elle se prend pour un avion. Puis elle s'écrase sur le côté. «Badabang!» fait-elle. «Aïe!» fait Léon. La poubelle roule dans la cour en pente. De plus en plus vite. Tout le monde se sauve. Sauf madame la directrice. Elle se plante devant le bolide, les bras et les jambes écartés. Une vraie gardienne de but!

Et hop! madame la directrice attrape la poubelle filante. Tous les élèves applaudissent. Elle remet Léon sur ses pieds et le dégage. Les rires éclatent de nouveau.

Le méchant garçon a l'air d'un sapin de Noël. Ses vêtements sont couverts de papiers d'emballage et de bonbons collants. Un bout de corde à sau-ter s'enroule autour de lui comme une guirlande. Pour couron-ner le tout, un pot de yogourt lui dégouline dans les cheveux!

—Qui a fait ça? demande madame la directrice.

—Léda! Léda! répondent les élèves.

—Est-ce possible? s'étonne la directrice.

—Impossible! affirme Léon qui crache deux queues de pomme et une épingle de sûreté.

Léda, elle, ne sait trop quoi dire. La voilà redevenue douce, douce. L'orage a filé si vite! Le sortilège ne joue plus.

Léda passe la récréation dans le bureau de la directrice. Elle est punie pour la première fois de sa vie.

Madame la directrice sort. Léda en profite pour ouvrir l'huître dorée. Elle veut tout raconter à Adèl. Zut! Léon surgit dans la porte du bureau.

—Attentiooon! crie-t-il. La laideur fend les miroirs!

Et il se sauve dans le couloir en chantant: «Léda, la laide! Léda, la laide!»

—Cet idiot rit encore de toi? s'exclame Adèl. La leçon n'a rien donné. Allez! montre-lui une fois pour toutes QUI tu es!

Tonnerre de tonnerre! C'est de nouveau l'orage, les éclairs! Le miroir claque, comme pour mordre!

Où est donc Léon? Ah! le voilà au bout du couloir. Léda fonce plus vite qu'une tornade. Quel monstre, ce Léon! Il se promène dans l'école sans permission. Hop! il s'élance dans la classe d'arts plastiques.

Léda pousse la porte de la classe.

—Haut les mains! crie Léon.

Le coquin brandit un tube de gouache rouge, ouvert. Il vise Léda en rigolant:

—Pas un pas ou je tire. Ha! ha! tu te sens moins brave?

S'il croit qu'elle va se laisser faire! La boîte de tubes est sur la table, juste à côté d'elle. Léda tend le bras et s'empare du vert.

Tant pis pour elle, il l'avait avertie. Sssploch! le jet rouge part et la frappe en plein front.

Tant pis pour lui, il l'aura voulu. Sssplich! le jet vert part vers Léon qui penche la tête. Zut! c'est la vitre qui le reçoit.

Sssplach! Ssspluch! les jets volent en tous sens. Quand il n'y a plus ni rouge ni vert, on passe aux autres couleurs. Léon, Léda, les meubles, les murs et le sol ne tardent pas à se couvrir de taches. Partout, on dirait des gribouillages de bébé.

—Tu veux la guerre? hurle Léon. Eh bien, tu vas l'avoir. Crois-moi!

Il presse son tube de toutes ses forces. Léda s'accroupit juste à temps. Sssplouch!

l'immense jet brun va s'écraser sur… madame la directrice.

L'orage s'éloigne vite, vite! Léda et Léon deviennent tout mous.

Léda et Léon ont mangé leur repas dans le bureau de la directrice. Après, ils ne sont pas allés jouer dehors. À genoux dans la classe d'arts plastiques, ils nettoient les pattes des meubles et le bas des murs. Le concierge s'occupe du reste.

Léda frotte, frotte, et se désole. Elle passera toutes les récréations de la semaine dans le bureau de la directrice. Ses parents seront mis au courant. Ils seront très déçus. Ils vont la punir, eux

aussi. Comme si les punitions de l'école, ce n'était pas assez.

Léda frotte, frotte, et réfléchit. Quel mauvais tour, ce cadeau de tante Stella! Elle repense à Adèl qui dit: «Montre-lui QUI tu es!» Léda a-t-elle montré à Léon QUI

elle est? Non. Elle lui a montré QUI est Adèl. Et Adèl n'est pas Léda. Elle est son envers! Et elle lui cause des tas d'ennuis...

Léda n'a plus envie de se montrer vilaine. Elle doit donc se débarrasser d'Adèl. C'est certain. Mais ça ne

réglera pas son pire problème: maintenant, Léon le terrible est en guerre contre elle! Pour toujours; c'est certain aussi. Comment sortir de cet affreux pétrin?

Léda frotte, frotte, et réfléchit encore et encore... et...

Après l'école, Léda court derrière Léon. Dès qu'elle le rattrape, elle lui braque son miroir devant la figure. Léon rugit comme un lion. Pourtant, dans le miroir, le garçon qui le regarde lui sourit gentiment!

Léon s'arrête net. Il prend le miroir dans ses mains. Léda voit ses lèvres bouger un peu. Elle se doute bien qu'il est en grande conversation avec Noël, son envers.

Soudain, Léon se sent bizarre. Ciel de ciel! Un nuage de paix fond sur lui. Une douce vapeur engourdit ses pieds et ses mains. Clic! le miroir se referme entre ses doigts. Comme pour donner un baiser.

Léon sourit.

Vite! Léda doit agir avant que le charme ne soit rompu.

—Je veux qu'on fasse la paix, Léon! s'écrie-t-elle. Tu peux même garder mon miroir.

—Moi aussi, je veux faire la paix, répond doucement Léon. Tu n'as rien à me donner pour ça.

Léon tend l'huître dorée à Léda. Elle la repousse et... OUPS! le cadeau tombe!

«Ha! Ha! Hi! Hiii!» fait l'huître qui se fracasse sur le sol. Le rire de tante Stella!

Léda le reconnaît bien! Le miroir ensorcelé a volé en éclats. Que va-t-il arriver? Léda regarde son ennemi avec des yeux inquiets.

Léon lui sourit toujours. La douceur ne l'a pas quitté. Le charme n'est pas rompu.

—Ça te va bien, un ruban dans les cheveux, dit-il. Puis

cette tache de gouache bleue, sur ton menton, là... Je te trouve vraiment jolie...

Léda lui sourit à son tour.

Elle et Léon oublient les éclats brillants, par terre. Ils reprennent la route ensemble. Ils s'amusent beaucoup tous les deux, bavardant encore et encore. Et, quand ils se donnent rendez-vous

pour le lendemain, Léda comprend enfin! Son «pire problème» est devenu son ami. Tante Stella lui a donné le plus beau des cadeaux!

COLLECTION CARROUSEL

MINI ET PETITS

**COLLECTION
CARROUSEL**

Achevé d'imprimer
en août 1997
sur les Presses de
Payette & Simms
Inc. à Saint-Lambert
(Québec)